BERTHE
ET
ROBERT
Poëme
EN QUATRE CHANTS.

PAR ÉDOUARD D'ANGLEMONT.

PARIS
CHEZ L'ÉDITEUR,
PLACE DE L'ÉCOLE-DE-MÉDECINE, N° 1.
PONTHIEU, LIBRAIRE,
AU PALAIS-ROYAL.
1827

Berthe et Robert.

SE TROUVE AUSSI:

Chez AIMÉ ANDRÉ, QUAI DES AUGUSTINS;

PONTHIEU, GALERIE DE BOIS AU PALAIS-ROYAL.

IMPRIMERIE DE A HENRY,
RUE GIT-LE-CŒUR, N. 8.

BERTHE ET ROBERT,

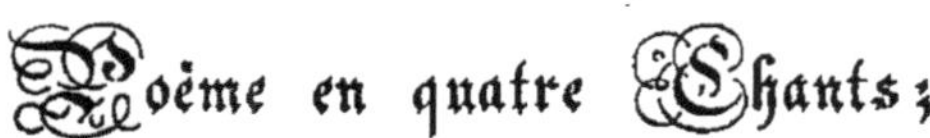

SUIVI DE NOTES;

PAR

ÉDOUARD D'ANGLEMONT.

SE TROUVE CHEZ L'ÉDITEUR,

PLACE DE L'ÉCOLE-DE-MÉDECINE, N° 1.

*

M. DCCC. XXVII.

CHANT PREMIER.

CHANT PREMIER.

Sur les bords où la Seine, en ses rians détours,

De la cité royale embrasse les contours,

Non loin de ses remparts, de ces tours crénelées

Que d'un pied triomphant Rollon [1] n'a point foulées;

Un val, que de ses dons la nature a couvert,

S'offre aux yeux, appelé du doux nom de Valvert.

Là se montrent le lys, la rose, l'amaranthe;

Mollement caressés par la brise odorante,

Des insectes brillans se posent sur leur sein

Pour y puiser la vie en un léger larcin ;

Oubliant par degrés le ciel de sa patrie,

Là, près du cerisier, du pommier de Neustrie,

Près du lilas penché sous ses masses de fleurs,

Le pampre Phocéen se baigne de ses pleurs ;

Le tilleul, l'alizier s'y courbent en arcades ;

Là, se glissant sous l'herbe ou tombant en cascades,

Des fontaines d'Arcueil les limpides ruisseaux

Apportent en tribut le cristal de leurs eaux

En un vaste bassin où le cygne soupire ;

Là, docile à la voix du printems qui l'inspire,

L'alouette du sein des naissantes moissons

Bondit, et dans les airs gazouille ses chansons ;

Là s'élève un palais, [2] dont la forme révèle

Aux regards enchantés la structure nouvelle ;

C'est là qu'auprès de Berthe, objet de son amour,

Robert, son jeune époux, a fixé son séjour,

Et la voit partager ses transports et sa flamme ;

C'est là que, dans l'ivresse où se plonge leur âme,

Leur mémoire a banni le nuage léger

Que jeta sur leur vie un chagrin passager :

Aux jours de leur printems, aux jours où les chimères

Viennent bercer le cœur de songes éphémères,

Où l'homme exempt encor du poids d'un souvenir

Ne croit pas rencontrer de maux dans l'avenir,

Ensemble ils ont paru dans la pieuse enceinte,

Où, sur un jeune énfant épanchant l'onde sainte,

Un prêtre de leur bouche entendit les sermens

Que l'Église demande à nos premiers momens,

Avant de nous marquer du sceau de l'innocence ;

C'est là que la tendresse en leurs cœurs prit naissance,

Que d'un premier lien le prestige enivrant

D'un lien plus étroit leur sembla le garant ;

Mais depuis, quand couvert de la pourpre royale

Robert voulut serrer leur chaîne nuptiale,

Une voix fit entendre au monarque surpris :

« Roi chrétien, de tels nœuds par Rome sont proscrits ;

« Un premier nœud de Berthe à jamais te sépare ! » [3]

Ainsi l'on abusa des droits de la tiare !

Dans une main superbe et parjure au devoir

Ainsi de l'humble apôtre éclata le pouvoir !

Tel autrefois l'Euphrate à sa divine source

Échappé, loin d'Eden s'égara dans sa course,

Et de ses flots sacrés baigna ces champs impurs,

Où de Sémiramis on contempla les murs.

Mais Robert convoqua les évêques de France [4]

Prélats religieux, qui, dans leur conférence,

Du royaume et du roi consultant l'intérêt,

Du prince de l'Église infirmèrent l'arrêt,

Et Berthe, l'ornement des rives de la Saône [5],

Conduite en d'autres champs pour embellir le trône,

Pour s'unir aux destins d'un amant adoré,

De sa main à l'autel reçut l'anneau sacré.

Le charme doux et pur d'une union récente,

L'aspect de la nature autour d'eux renaissante,

Tout enchante leurs jours ; leur bonheur est rempli ;

Et, sous son influence, ils n'ont point en oubli

Les devoirs imposés au sacré caractère

Dont l'Éternel revêt les puissans de la terre :

Ils ne se cachent point aux regards du malheur,

Laissent monter près d'eux le cri de la douleur,

Vont jusqu'en ses réduits secourir la détresse,

Repoussent des flatteurs la voix enchanteresse,

Et donnent à la Cour l'exemple des vertus ;

Naguère de la bure humblement revêtus,

Dans la sainte semaine, en son vieux monastère,

Ils ont de Saint-Denis suivi la règle austère,

Ils ont ouvert leur cœur au ministre de Dieu ;

On les a vus baiser le pavé du saint lieu,

Quand de la mort du Christ on a dit l'Évangile ;

Laver les pieds du pauvre en un vase d'argile ;

Et lorsque vint la Pâque, un rosaire à la main,

Ils ont reçu ce Dieu qui, pour le genre humain,

Expira sur la croix, qui sous le pain visible

Du pécheur pénitent nourrit l'âme paisible ;

Tout de leur piété consacre la ferveur.

Il luit ce jour de fête où jadis le Sauveur,

Selon ce qu'il a dit, prêt à quitter la terre

Aux apôtres versa la flamme salutaire,

Qui bientôt sur le monde épandit sa clarté;

Les cloches frappent l'air; par son peuple escorté,

Au milieu des parfums d'une route fleurie,

De mille cris de joie, au temple de Marie

Le Roi porte ses pas; ses longs cheveux aux vents

Livrent les blonds replis de leurs anneaux mouvans;

Sur son casque doré flotte le blanc panache;

L'agrafe de saphir sur son épaule attache

Un long manteau d'azur, d'abeilles argenté,

Et le glaive du preux reluit à son côté;

La Reine est près de lui sous la blanche chlamyde,

Les feux du diamant parent son front timide;

Leurs charmes, leurs regards, leurs souris gracieux

Ravissent de concert et le cœur et les yeux;

Un pontife suivi de prêtres et de vierges,

A la porte du temple où brillent mille cierges,

Où s'élève le dais qui les verra s'asseoir,

S'incline et devant eux balance l'encensoir;

Saluant en chrétiens l'auguste basilique,

Ils entrent; quand l'hysope, au rameau symbolique,

A secoué l'eau sainte au front des assistans,

Dépouillant du guerrier les signes éclatans,

Le monarque revêt la tunique de soie,

Il prend le sceptre d'or, et sa voix se déploie

Dans le rhythme éloquent de ce chant solennel [6],

De ses pieux transports monument éternel :

Viens, Esprit Saint, qui de notre âme

Créas les sublimes ressorts ;

Viens, que les torrens de ta flamme,

La remplissent de leurs trésors.

Du juge qui nous épouvante

Tu fléchis le bras irrité;

Et c'est de ta source vivante

Que découle la charité!

C'est ta présence qui console;

Premier doigt de la main de Dieu,

Tu le fais aimer; ta parole

Porte sa louange en tout lieu.

Inonde notre âme ravie,

Vers le ciel tourne ses élans;

Aux étroits sentiers de la vie

Raffermis nos pas chancelans.

Notre ennemi cherche une proie:

Romps ses piéges astucieux;

Écarte-nous de toute voie

Étrangère au chemin des cieux.

Et le peuple à genoux autour du Roi poëte,

Qui des vœux du Chrétien se proclame interprète,

L'écoute, pénétré de son ravissement;

Ainsi lorsque David sous un saint vêtement,

De sa harpe agitant les cordes prophétiques,

Dans le temple chantait ces sublimes cantiques,

Qu'aux rives du Jourdain, aux rives du Cédron,

Aux grottes d'Engaddi, sur les rochers d'Hébron,

Inspira le Seigneur à son brûlant génie,

Éperdus, entraînés par des flots d'harmonie,

Les enfans de Coré l'écoutaient et leurs cœurs

Devenaient les échos de ses accens vainqueurs.

A pas lents, revêtu d'ornemens magnifiques,

Vers l'autel entouré de drapeaux pacifiques

L'archevêque s'avance; il porte dans ses mains

Le saint vase, où le sang du Sauveur des humains

Va de son existence opérer le miracle;

Il fléchit le genou devant le tabernacle;

Et dans un livre où l'or à l'azur marié

A peint de mille fleurs le tableau varié,

Où, sur le doux vélin, du plus grand des mystères

Une plume a tracé les leçons salutaires,

Les deux nobles époux suivent tous les accens

Qui de l'autel vers Dieu montent avec l'encens.

Le Pontife a rempli le divin sacrifice,

Il bénit l'assemblée, et du saint édifice

Robert sort; avec Berthe il retourne à Valvert,

Et le jardin royal à la foule est ouvert.

Autour des deux époux on accourt, on se presse;

De toutes parts jaillit de la commune ivresse

Ce cri : Vive le Roi ! Vive la Reine !

UN HOMME DU PEUPLE.

Amis,

Un siècle de bonheur à la France est promis !

LA REINE.

On nous aime, Robert !

LE ROI.

Bannissez la contrainte.

Mes enfans, avez-vous quelque sujet de plainte ?

UN VIEILLARD.

Sire, je fus archer ; aux plaines de Soissons [7]

J'ai pris de mon métier les premières leçons ;

Dans ce jour mémorable, où devant nos cohortes

Charles [8] a fui dans un cloître, où Laon ouvrit ses portes,

Pour la première fois, Sire, mon sang coula ;

Quand mon Roi triomphait en Flandre [9], j'étais là ;

Et lorsque, refoulée aux rives de la Loire,

Notre armée à Guillaume [10] abandonnait la gloire,

Je vous ai vu bien jeune, un drapeau dans la main,

De la victoire encor nous frayer le chemin;

Sire, ce souvenir est bien doux pour mon âme...

LE ROI.

Tu pleures!

LE VIEILLARD.

Pardonnez, il me trouble, il m'enflamme.

LE ROI.

Reviens à toi, poursuis, que me demandes-tu?

LE VIEILLARD.

Du pain. Quand des Normands l'orgueil fut abattu,

Je rentrai sous le chaume et menai la charrue;

Et quand je vis plus tard ma force disparue,

Mon épouse et mon fils m'entouraient de secours,

Le fruit de leur travail nourrissait mes vieux jours;

Mais ce feu dévorant qui s'attache aux entrailles [11],

Qui dans les champs de Tours sème les funérailles,

D'une épouse et d'un fils a tranché le destin.

LE ROI.

Je prendrai soin de toi; va t'asseoir au festin.

UNE JEUNE FILLE.

Faites-moi voir le Roi.

LE ROI.

C'est moi. Viens, jeune fille ;

Parle, que te faut-il ? N'as-tu plus de famille ?

LA JEUNE FILLE.

Ah ! Sire, elle gémit : à celui que j'aimais

J'allais par un saint nœud m'enchaîner à jamais ;

Seule sur mon troupeau je veillais dans la plaine,

Tout à coup de varlets une troupe m'entraîne

Au château de Saint-Pol.... L'opprobre est sur mon front....

Le comte... Vengez-moi...

LE ROI.

Ses pairs le jugeront.

UN PRÊTRE.

Reine, le feu du ciel a consumé l'église,

Où, devant la paroisse à mon zèle commise,

J'offrais à l'Éternel son fils mourant pour nous.

LA REINE.

Je la relèverai.

LE PRÊTRE.

Que Dieu soit avec vous!

Un laboureur qui vit la tardive gelée

Couvrir au mois des fleurs sa ferme désolée,

La mère d'un soldat qui n'est point de retour,

Des femmes, des vieillards, se plaignent tour à tour;

Tous du couple royal bénissent l'entremise.

Ainsi, lorsque marchant vers la terre promise,

Hâletant, dévoré par la soif et la faim,

Israël de ses jours sentait venir la fin,

Dieu lui versa la manne, et d'une roche aride

Fit jaillir les ruisseaux d'une eau douce et limpide;

Et, tombant à genoux, de leurs dons précieux

L'élu du Tout-Puissant glorifia les cieux.

Suivi des indigens, que sa voix charitable

Invite à venir prendre une place à la table,

Où, pour eux devant lui va s'ouvrir un repas [12],

Vers le château royal Robert tourne ses pas;

Un prêtre, qui se dit chargé d'un grand message,

Soudain perce la foule et s'offre à son passage :

« Sire, un saint envoyé du Pontife romain [13],

» Vous demande audience.—Il l'aura.—Quand?—Demain. »

CHANT DEUXIÈME.

CHANT DEUXIÈME.

LA demeure des Rois, de splendeur couronnée,

S'embellit de l'éclat d'une belle journée ;

L'heure vient de sonner pour la dixième fois.

Abbon [1], Montmorency, Melun, Gerbert [2], de Foix,

D'Harcourt, Clermont, Mareuil, Archambaud [3], Latournelle,

Des prélats et des grands l'élite solennelle,

Siégent devant le dais où, près de Berthe assis,

Robert paraît en proie à de graves soucis.

La porte roule et s'ouvre ; une voix dit : le Nonce !

Il marche précédé du héraut qui l'annonce,

Sous la pourpre et l'hermine, une croix à la main.

L'œil en feu, l'envoyé du pontife romain

S'arrête près du trône, et d'une voix sinistre

Ainsi du Dieu de paix s'exprime le ministre.

LE LÉGAT.

L'Église rompt des nœuds qu'elle n'a point permis.

Sous son joug souverain courbez un front soumis.

Époux, séparez-vous et faites pénitence!

ROBERT.

Non... Dieu n'a point dicté cette affreuse sentence.

Nos nœuds sont innocens; il n'est que le trépas

Qui puisse les briser; je n'obéirai pas.

LE LÉGAT.

Qu'oses-tu prononcer! Frémissez! Anathême!

Dieu retire de vous l'empreinte du baptême!

Soyez maudits partout, en tout! qu'aucun chrétien!

Ne vienne aux jours mauvais vous prêter un soutien.

Que le prêtre à jamais vous ferme sa prière!

Que devant vous le temple élève une barrière!

Que le saint tribunal repousse vos aveux!

Que l'hostie à jamais soit ravie à vos vœux !

Pour vous plus de pardon ! Pour vous plus d'espérance !

Quand vous croirez toucher à votre délivrance,

Lorsque viendra la mort, que vos cœurs criminels

Se glacent effrayés des tourmens éternels !

Que vos flancs entr'ouverts rejettent vos entrailles,

Et que vos ossemens privés de funérailles,

Loin du pays natal, du regard des vivans,

Blanchissent dévorés par le souffle des vents 4 !

Il dit, et se retire, ou plutôt prend la fuite ;

Il semble que l'effroi s'attache à sa poursuite :

Il traverse les champs, et de ses yeux hagards

Il n'ose vers le ciel élever les regards.

Dieu ferait-il sur lui retomber l'anathême ?

Mais Robert dans ses bras presse celle qu'il aime ;

Il écarte les pleurs de son front ranimé ;

Il rencontre ses yeux, et son souffle embaumé

Qui, redoublant le feu qui l'agite et l'embrase,

L'entraînent avéc elle en une douce extase.

Ainsi, quand dans ces champs où de paillettes d'or

Le Tage au sein des mers égare le trésor,

La terre tout à coup mugissante, entr'ouverte,

Des moresques palais dont elle était couverte

Engloutit les débris dispersés et fumans;

De la couche d'hymen arrachés, deux amans,

Sans terreur, au milieu des ondes et des flammes,

Se tenaient enlacés et confondaient leurs âmes.

Ainsi les deux époux, du ciel déshérités,

Oubliant qu'à leurs cœurs contre lui révoltés

Le Légat a promis les éternels supplices,

D'un baiser délirant savourent les délices;

Ce pendant que la cour baisse un front pâlissant,

Fuit, et croit accomplir l'ordre du Tout-Puissant.

O d'un siècle ignorant fanatique faiblesse!

Prélats, seigneurs, guerriers, serviteurs, tout délaisse

Ceux que des rangs chrétiens la bulle a retranchés!

Tourmenté par des maux à sa vie attachés,

Le lépreux isolé d'un frère qui l'exile,

Voit un prêtre du moins visiter son asile;

Sur son sort avec lui répandre quelques pleurs,

Et lui montrer au ciel un terme à ses douleurs;

Mais quand Rome en courroux a frappé sa victime,

La fuir est un devoir et la plaindre est un crime;

Elle traîne ici-bas un destin rigoureux

Et ne peut espérer un monde plus heureux!

Contre les deux époux de la chaire surprise

Des voix tonnent! Pourtant la pitié de l'Église

A rester auprès d'eux contraint un serviteur;

Il se croit sous le poids du sceau réprobateur;

A leur aspect, son sang dans ses veines s'arrête!

L'abîme est sous ses pas! la foudre est sur sa tête!

Ce que touchent leurs mains impures désormais

Est passé par le feu ; les restes de leurs mets

A l'immonde pourceau sont jetés en pâture ;

Souvent même leur faim attend la nourriture !

Dans cet isolement, ils ne désirent pas

Les honneurs qui naguère accompagnaient leurs pas,

Ces fêtes où l'amour gémit dans la contrainte ;

S'ils laissent quelquefois échapper une plainte,

« Ces instans, disent-ils, à nos cœurs étaient doux

» Où le pauvre avec joie accourait près de nous,

» Pour voir tous ses besoins fuir devant nos largesses. »

Ainsi Job en son cœur regretta ses richesses.

Qu'ils souffrent ! Toutefois ces deux êtres aimans,

Confidens mutuels de tous leurs sentimens,

Concentrés en eux seuls, trouvent dans l'infortune

Un bonheur que proscrit une cour importune ;

Car l'amour est semblable au rosier ; quand ses fleurs

Exhalent leurs parfums, étalent leurs couleurs

Sur un mont escarpé, vierge de nos vestiges,

Les épines jamais ne hérissent ses tiges,

Qui s'en couvrent bientôt, lorsqu'à son vieux berceau

Nos mains ont enlevé le sauvage arbrisseau 5.

Ils ne se quittent plus; leurs jours coulent rapides;

Tantôt près du bassin, dont les nappes limpides

Reflètent d'un ciel pur le dôme ravissant,

Ils respirent du soir le souffle caressant;

Ou l'un auprès de l'autre assis dans la nacelle,

S'attirant d'un regard où l'amour étincelle,

Ils suivent sur les eaux d'innombrables chemins,

Et l'aviron léger s'échappe de leurs mains;...

Tantôt lorsque le jour épanouit ses gerbes

Ce couple reposé sur de naissantes herbes,

Par un ombrage épais du soleil abrité,

Savoure la fraîcheur des doux fruits de l'été;

Rien ne vient du Très-Haut leur montrer la colère :

Il semble qu'il leur prête une main tutélaire.

La bulle, du Seigneur leur ferme la maison,

Mais dressé par leurs mains un autel de gazon

Voit quand l'aube paraît et quand la nuit commence

Leurs âmes s'élever vers le Dieu de clémence;

Et c'est là que souvent ivre de saints transports,

De sa harpe mêlant les suaves accords

Aux hymnes que le ciel à sa ferveur inspire,

Robert chante celui dont le monde est l'empire,

Et que Berthe attentive, à ses faciles chants

Prodigue avec amour des sourires touchants;

Et pourtant quelquefois elle répand des larmes :

Son cœur religieux n'est point exempt d'alarmes.

La nuit sur le palais a jeté ses réseaux;

On n'entend que les cris des sinistres oiseaux

Qui fatiguent les airs de leurs cercles funèbres,

Ou cherchent effrayés de nouvelles ténèbres

Sous les brillans lambris du château déserté,

A l'aspect de la lune épanchant sa clarté.

De la couche amoureuse, où Robert s'abandonne

Aux charmes du repos que le sommeil lui donne,

Berthe sort endormie et s'éloigne soudain ;

Haletante, tombant sur les fleurs du jardin :

« Un Océan de feu! fuyons... il m'environne!...

» Quelle main sur mon front écrase ma couronne?

» Qui m'embrasse? — Satan. Berthe tu m'appartiens :

» Ne livre plus ton âme à l'espoir des chrétiens!

» Les cieux te sont fermés! — Qu'ai-je fait? — L'anathême

» A retiré de toi l'empreinte du baptême!

» Berthe, tu m'appartiens! — Où suis-je? — Ecoute et vois.

» — Des rires infernaux! de lamentables voix!

» Des grincemens de dents! quelle foule mouvante!

» Victimes, votre aspect me glace d'épouvante!

» Vous souffrez donc ici sans trouver le trépas!

» Bourreaux, que voulez-vous? Ah! ne m'approchez pas!

» Vous portez sur mon sein vos gueules écumantes!

» Vous tirez de mes flancs mes entrailles fumantes!

» Mon sang coule à longs flots sous vos ongles de fer!

» Vous m'entraînez! Je tombe aux gouffres de l'enfer!

» Ce n'est qu'un rêve.... un rêve est un avis céleste :

» Dieu me dit d'échapper à mon destin funeste,

» D'effacer l'anathême à mon front imprimé;

» De quitter ce palais, de fuir mon bien-aimé;

» De vivre aux lois d'un cloître à jamais asservie.

» Mais quoi! te fuir, Robert! quoi, te fuir pour la vie,

» Sans t'embrasser encore une dernière fois!

» Oui... si je te voyais, si j'entendais ta voix,

» L'amour m'aveuglerait et j'oublierais mon rêve;

» Partons, que loin de toi ma carrière s'achève. »

Elle part, et d'un pas dans les ombres errant,

Elle trouve un sentier et le suit en courant.

Mais bientôt le soleil effaçant les étoiles

Du monde ténébreux vient déchirer les voiles;

La terre se revêt des plus fraîches couleurs;

La brise dans les airs sème l'encens des fleurs

Où tremblent de la nuit les perles étalées;

Les doux gazouillemens des peuplades ailées

Animent les bosquets; les troupeaux ondoyans

Blanchissent de leurs flots les coteaux verdoyans ;

Tout s'éveille et sourit ; la nature ravie

Chante l'hymne d'amour au père de la vie ;

Mais sur le lit d'hymen par son sommeil foulé

Robert s'agite, entr'ouvre un œil demi-voilé

Et d'un bras caressant interrogeant sa couche :

« O Berthe ! qu'ils sont doux les baisers de ta bouche !

» Enivre tous mes sens de leur charme divin. »

Elle ne répond pas, son bras la cherche en vain ;

Ses yeux s'ouvrent soudain, et son regard avide

Avec frémissement parcourt la place vide

Où Berthe, cette nuit, heureuse, à son côté

S'endormit mollement ivre de volupté.

L'époux impétueux de sa couche s'élance ;

Ses cris de son palais suspendent le silence ;

Dans ses vastes jardins il égare ses pas ;

Partout il cherche Berthe et ne la trouve pas !

Il s'arrête, inondé d'une sueur de glace...

Mais d'un pas sur le sable il aperçoit la trace,

La reconnaît, d'espoir palpite, en la suivant

Vole et semble porté par les ailes du vent.

Ainsi quand au milieu des feuilles qu'en nos plaines

Bercent des aquilons les bruyantes haleines,

Un cerf, aux jours d'automne, en ses rapides bonds,

Promène ses désirs brûlans et vagabonds,

Si l'herbe qu'il effleure, à son passage envoie

Ces corps aériens qui lui marquent la voie.

Où la biche poursuit un sinueux détour,

Il ouvre ses naseaux, pousse des cris d'amour,

A ses fougueux transports ne voit plus de barrière,

Et de ses pieds légers dévore la carrière.

CHANT TROISIÈME.

CHANT TROISIÈME.

L'horizon lointain, au midi de Valvert,
Une vaste forêt [1] élève son front vert,
Où plane du sapin l'obélisque noirâtre,
Où l'épais marronier sème ses fleurs d'albâtre.
Ce lieu fut autrefois baigné de sang humain;
On y rencontre encore un immense dolmin [2],
Que ronge du lichen la lèpre séculaire,
Où, quand on découvrait le rameau tutélaire [3],
Une vierge, la nuit, et sous de noirs tissus,
Égorgeait la victime en invoquant Hésus [4].

Et l'on dit que ce dieu jadis avait son temple
En un vallon prochain, où l'œil encor contemple
D'énormes pans de mur, que le lierre mordant
A couvert d'un branchage en replis abondant.
C'est là que de débris, de glayeuls et de terre,
Un mortel s'est construit un abri solitaire,
Où vingt fois il a vu renaître le printems;
Son visage flétri par le souffle du tems
Porte une majesté que la grâce accompagne;
On croit y retrouver des traits de Charlemagne;
Et personne ne sait d'où cet homme est venu;
Un mystère profond l'entoure; il n'est connu
Que par son doux accueil, ses mœurs hospitalières :
Que de fois, par la nuit surpris dans les bruyères,
Égaré par ces feux éclatans et légers
Qui tracent dans les airs des sillons passagers,
Le pèlerin, heurtant au seuil de l'ermitage,
Y trouva du repos, des fruits et du laitage;
Du pas d'armes 5 voisin, où l'atteignit l'acier,
Au val de la forêt conduit par son coursier,

Que de fois, dégagé du poids de son armure,

Le chevalier sentit au sein de sa blessure

S'épuiser de son suc la plante qui guérit;

Sous ce toit où son nom sur la pierre est inscrit,

Que de fois sur un lit de mousse et de fougère,

Le troubadour touchant sa mandore légère,

Au fracas de la foudre éclatant à l'entour

Maria ses doux chants et de gloire et d'amour.

Depuis que sur ce lieu le jour répand la flamme,

La clepsydre a marqué deux heures; une femme

Sur la natte de jonc, pâle, sans mouvement,

Gît; un tissu de lin est son seul vêtement;

De la ronce des bois les injures récentes

Ont rougi de son corps les formes ravissantes;

Au milieu d'un chemin, non loin de son séjour,

L'ermite l'a trouvée aux premiers feux du jour,

Et jusqu'en son réduit lentement l'a traînée;

Il prodigue ses soins à cette infortunée,

Dont le souffle s'échappe, et lui dit que ses yeux

Se r'ouvriront bientôt à la clarté des cieux.

Ainsi dans nos jardins, lorsque la fleur sacrée,

Que chanta Salomon, dont Judith s'est parée,

A vu de son calice éclatant de blancheur

Sous un soleil ardent se ternir la fraîcheur,

Et sent presque faillir sa tige languissante;

De la brise du soir l'haleine caressante

La touche, et, reprenant sa pudique beauté,

Le lys relève un front brillant de majesté.

Mais le tonnerre au loin s'éveille! la vallée

De ses coups grandissans retentit ébranlée!

Le nuage orageux s'approche avec les vents;

Il couvre la forêt de ses rideaux mouvans;

Il crève; en longs ruisseaux l'eau sur la terre tombe;

Avec un bruit affreux court une vaste trombe;

Les arbres sont rompus, aux vagues des torrens

Leurs cadavres livrés roulent; les loups errans

Mêlent leurs rauques voix aux éclats de la foudre ;

Il semble que le monde est près de se dissoudre.

L'anachorète prie ; on frappe ! avec effroi,

Une voix au-dehors : bon ermite, ouvre-moi.

Il ouvre ; l'étranger entre.

L'ÉTRANGER.

Je te rends grâces.

L'ERMITE.

Sieds-toi près du foyer ; sèche les larges traces

Dont t'a couvert la pluie.

LA FEMME.

Où suis-je ?

L'ÉTRANGER.

Quelle voix !

C'est toi !

LA FEMME.

Mon bien-aimé !

L'ÉTRANGER.

Berthe, je te revois !

Mais à ton abandon devais-je donc m'attendre ?

Ai-je blessé ton cœur par un amour moins tendre?

Non, Berthe, ton époux t'aime plus que jamais.

BERTHE.

Et le Ciel me défend d'être à toi désormais!

ROBERT.

Le Ciel te le défend! qui te l'a dit?

BERTHE.

　　　　　　　　　Un songe:

J'en frémis!

ROBERT.

　　　　Sors du trouble où son horreur te plonge;

D'une erreur de tes sens éteins le souvenir.

De quel crime le Ciel pourrait-il nous punir?

L'avons-nous offensé? Crois-en celui qui t'aime,

Dieu ne confirme point un injuste anathème!

Ah! puisqu'il nous rassemble, il bénit nos amours;

Nous n'avons point encore épuisé nos beaux jours;

Valvert n'a point perdu ses charmantes retraites;

Nous y retrouverons ces voluptés secrètes,

Ces doux mots, ces transports brûlans, délicieux,

Qui semblaient nous offrir tout le bonheur des cieux;

Jouissons des instans que l'Éternel nous donne,

Partons.

BERTHE.

Oui, cher époux, à toi je m'abandonne.

Mon rêve est oublié, Robert..... conduis mes pas.

L'ERMITE.

La foudre gronde encor.

ROBERT.

Je ne l'entendais pas.

L'ERMITE.

Demeurez, attendez que l'arc-en-ciel paraisse.

Mais lorsqu'à vos malheurs mon âme s'intéresse,

Ne pourrais-je savoir quelle cause a sur vous

Du prince de l'Église attiré le courroux?

ROBERT.

Grégoire cinq sans doute avait soif de victimes :

Il a vu dans nos nœuds des nœuds illégitimes,

Parce que nous avions ensemble présenté

Un enfant au baptême; et quand sa volonté

Nous a prescrit de rompre une union permise

Par la commune voix des chefs de notre Église,

Nous avons résisté; voilà notre forfait.

L'ERMITE.

D'un pouvoir égaré trop déplorable effet!

Je vous plains; comme vous j'ai porté l'anathème;

En horreur aux chrétiens, en horreur à moi-même,

Je ne pouvais plus vivre; au pontife romain

J'adresse, en fils soumis, un écrit de ma main;

Il révoque aussitôt sa terrible sentence,

Ordonne, j'obéis, et de ma pénitence

J'offre l'humble spectacle aux yeux de mes vassaux :

Aux portes du lieu saint, j'arrive; les ciseaux

Dispersent en débris ma longue chevelure;

Je me dépouille et prends un vêtement de bure,

Noir, semblable à l'habit du plus obscur Français;

Et l'évêque, en disant quelques pieux versets,

Couvre mon front de cendre et me remet la haire.

J'ai pratiqué deux ans l'aumône, la prière,

Le jeûne, et sous un fouet rapide et meurtrissant

De mon corps macéré j'ai fait couler le sang;

Et, le tems révolu de ma retraite sainte,

De l'Église à mes pas l'évêque ouvre l'enceinte,

M'introduit dans le chœur au milieu du clergé,

Pompeusement vêtu, sur deux lignes rangé;

Sous un dais de velours le pontife se place,

Je confesse ma faute et demande ma grâce;

Tandis que, devant lui restant agenouillé,

Je baise le carreau de mes larmes mouillé,

Il récite les chants où le saint Roi-Prophéte

De son cœur pénitent proclama la défaite,

Me frappe d'une verge, et d'un ton solennel

En imposant les mains sur mon front criminel,

Il m'absout; je reprends la pourpre souveraine.

ROBERT.

O Ciel! tu serais donc.....

L'ERMITE.

Oui, Charles de Lorraine.

ROBERT.

Toi! Charles de Lorraine! et ton cœur a gémi

D'apprendre les malheurs du fils d'un ennemi!

CHARLES.

Le vrai chrétien doit être un foyer d'indulgence;

Le Sauveur en mourant a proscrit la vengeance;

Je ne me souviens plus du trône, de mes droits;

Le Ciel m'a refusé la couronne des rois;

Au rang de mes aïeux il a placé ton père,

Pour lui donner un règne éclatant et prospère;

Aux pieds du crucifix déposant mes regrets,

Robert, du Tout-Puissant j'ai béni les décrets;

Pour cacher mes destins aux regards de la terre,

J'errais, et du Val-d'Or l'antique monastère

Me reçut; aussitôt mes yeux épouvantés

Y virent les abus à leur comble portés:

D'hommes voués au Ciel l'assemblée indolente

Se livrait aux plaisirs d'une table opulente;

Souvent même oubliant le service divin,

Ils couraient aux amours, enivrés par le vin!

Et ma bouche parfois d'une voix fraternelle

Leur reprochait leur vie oisive et criminelle!

Vainement; je ne pus les ramener à Dieu.

Je quittai l'abbaye; en passant dans ce lieu,

Ces débris imposans, cette nature agreste,

Me plurent; je bâtis cet asile modeste,

Et je sus, maniant la bêche et le rateau

Transformer en jardin un aride coteau;

J'ai planté ces pommiers, j'ai tressé ces corbeilles,

Ces ruches, où des bois j'attirai les abeilles;

Je rassemble en troupeau les chèvres, que mes rets

Jeunes, faibles encor, ravissent aux forêts;

Autour de moi mes yeux aiment à les voir paître;

Ce jardin chaque jour m'offre un travail champêtre,

Et lorsque la fatigue en interrompt le cours,

A des livres sacrés quelquefois j'ai recours;

Quelquefois je médite assis sur ces décombres;

Des hommes, des cités, j'interroge les ombres;

J'admire le soleil, âme de l'univers;

J'admire les frimats ou les feuillages verts;

J'admire la nature en paix, ou les orages;

J'admire un ciel noirci par de sombres nuages

Ou d'un ciel étoilé la magique splendeur ;

Tout me parle de Dieu ! tout me dit sa grandeur !

Pardonnez, mes enfans, si pour votre mémoire

D'une part de mes jours j'ai retracé l'histoire :

Semblable au nautonnier qui, rentré dans le port,

Parcourt de la pensée, avec un doux transport,

Les mers que tour à tour sa proue a sillonnées,

Le vieillard, remontant le cours de ses années,

Des éclairs de sa vie aime le souvenir,

Et lorsqu'il les raconte il se sent rajeunir.

Oui, ma force renaît ; mon âge, je l'oublie ;

Et ma tâche ici-bas n'est point encor remplie.

Adieu, je vais partir ; Charles vous servira.

ROBERT.

Explique-toi.

CHARLES.

Grégoire à ses pieds me verra ;

Il m'entendra ; ma voix par les cieux inspirée,

Détournera de vous sa colère sacrée.

BERTHE.

Nous devrons à tes soins le terme de nos maux.

ROBERT.

Pour te remercier nous n'avons point de mots !

Du sang de Charlemagne héritier magnanime,

Tu lègues à la terre un exemple sublime !

CHARLES.

Silence !..... il me suffit d'être agréable à Dieu.

Approchez, mes enfans, je vous bénis..... Adieu.

BERTHE.

Que le Ciel de malheur préserve ton voyage.

CHARLES.

Débris consolateurs, jardin, forêt sauvage,

Asile, où loin du monde et de ses faux plaisirs

Vers un bonheur sans fin j'ai tourné mes désirs,

Où de la paix du cœur j'ai savouré les charmes,

Je ne puis vous quitter sans vous donner des larmes !

Adieu..... Je reviendrai mourir dans ce séjour.

ROBERT.

Nous, allons à Valvert attendre son retour.

CHANT QUATRIÈME.

CHANT QUATRIÈME.

L'AUTOMNE meurt; les bois languissent sans verdure;

Le vent du nord mugit et souffle la froidure;

L'air ne retentit plus du doux chant des oiseaux;

Mais les pluviers ont fui leurs forêts de roseaux,

Ils poussent de longs cris, s'abattent dans la plaine,

Où le brouillard exhale une fétide haleine,

Se nourrissent des vers qui peuplent nos guérets;

Et d'une voix perçante appelant nos marais,

Des canes du Lapland les phalanges habiles
Dirigent dans les airs leurs triangles mobiles.

Toutefois c'est le tems où de nobles plaisirs
Du monarque français occupaient les loisirs,
Où le cor éveillait les veneurs et les pages,
Où les varlets, guidant les bruyans équipages,
Entraient dans le taillis, suivis des palefrois;
Où le cerf blanc [1], l'élu de la chasse des rois,
Par son vol et ses bonds retardait sa défaite,
Chère aux belles, signal d'une pompeuse fête;
Et maintenant Robert de sa cour isolé,
Sent croître le chagrin de son cœur désolé;
Berthe n'a plus ce teint qui parait son visage,
Et du sourire à peine elle a gardé l'usage;
De l'espoir à la crainte elle a souvent passé
Et le fruit de l'amour qu'entre ses bras pressé,
D'avance elle baisait d'une lèvre ravie,
Est sorti de ses flancs et sans forme et sans vie [2]!

La nuit a déployé son humide manteau,

Et le couple royal veille au sein du château,

Près d'une lampe d'or que soutient une chaîne,

Devant un âtre immense où brûle un tronc de chêne.

ROBERT.

Ton corps, ma bien-aimée, a besoin de sommeil;

Le repos te rendra ton teint frais et vermeil.

Tu trembles!

BERTHE.

Entends-tu? c'est le cri de l'effraie,

Et je te l'avouerai, Robert, ce cri m'effraie!

Cet oiseau qui gémit est l'oiseau du trépas!

ROBERT.

Tu pleures!

BERTHE.

Cher époux, Charles ne revient pas!

Il est mort!...

ROBERT.

Loin de toi cette triste pensée;

Laisse au peuple crédule une crainte insensée;

Charle a fléchi pour nous le pontife romain,

Oui déjà de la France il a pris le chemin;

Son retour nous rendra notre destin prospère,

Nous le verrons bientôt.....

BERTHE.

Tu le dis, je l'espère.

Mais dans le corridor quelqu'un marche : j'ai peur !

ROBERT.

Ton esprit est frappé d'un prestige trompeur.

BERTHE.

Non... prends-moi dans tes bras !... un malheur se révèle !
Écoute.....

ROBERT.

C'est peut-être une heureuse nouvelle.

BERTHE.

On frappe !

ROBERT.

Entrez.

UN MESSAGER.

Au Roi s'adresse cet écrit.

ROBERT.

Lisons.... « De nos projets souvent le ciel se rit :

Je touchais, mes enfans, au terme du voyage ;

Dans les monts Apennins j'ai subi le pillage ;

Un poignard m'a frappé, mon dernier jour a lui ;

Je n'ai pu vous servir!..... CHARLES ». Prions pour lui.

Ils récitent le psaume à genoux sur la pierre ;

La nuit ne ferme point leur humide paupière ;

Le jour vient, et tandis qu'en proie à la douleur

Ils ne soupçonnent pas quelque nouveau malheur,

L'anathême est lancé contre tout le royaume !

La bulle frappe tout du palais jusqu'au chaume ;

Elle sème un effroi de la France inconnu !

Ainsi la peur glaça l'univers ingénu,

Quand la lune au soleil opposant sa surface,

Pour la première fois, répandit sur sa face

Du voile de la nuit la ténébreuse horreur,

Et qu'il crut de sa fin y voir l'avant-coureur.

L'Église rompt le cours de ses cérémonies ;

Des champs et des cités ses faveurs sont bannies ;

L'être fragile encor, qui porte en son berceau

Du crime originel l'inévitable sceau,

Réclame vainement cette onde salutaire,

Qui seule ouvre le Ciel aux enfans de la terre ;

Celui qui du remords veut être délié,

N'apporte plus son cœur contrit, humilié,

Au tribunal où Dieu, désarmant sa vengeance,

Aux sincères aveux prodigue l'indulgence ;

L'autel sombre et muet n'entend plus les amans

Jurer d'un doux hymen les saints engagemens ;

Inhabile à porter la chasuble et l'étole,

Le prêtre ne dit plus la puissante parole,

Qui, pour renouveler le supplice divin,

Change en un Dieu mortel le froment et le vin;

L'homme ne reçoit plus le sacré caractère,

Qui remet en ses mains ce précieux mystère;

Le corps de Jésus-Christ ne le visite plus;

Des dons du baume saint les mourans son exclus [3].

Mais des murs de Paris quelle lugubre foule

Vers le château royal se précipite et roule?

Que veut-elle? Les uns portent des nouveaux-nés,

Les cierges de l'espoir au lieu saint destinés;

Les autres des brancards, où la souffrance appelle

Les os puissans que garde une sainte chapelle;

Les autres revêtus de longs manteaux de deuil,

D'un parent, d'un ami conduisent le cercueil;

Tous ont vu devant eux les Églises fermées;

De rage et de douleur ces bandes enflammées,

Rejetant sur le Roi les malédictions,

Déchaînent contre lui mille imprécations.

UNE FEMME.

Je ne puis donc vouer mon enfant à Marie!

UNE JEUNE FILLE.

Ma mère est en danger, saint Médard l'eût guérie.

PLUSIEURS VOIX.

Robert, ouvre à nos pas les portes du saint lieu.

UNE FEMME.

Mon fils, si tu mourais, tu ne verrais point Dieu.

UN JEUNE HOMME ET UNE JEUNE FILLE.

Laisse un prêtre bénir une union permise.

UN PRÊTRE.

Obéissance entière au prince de l'Eglise!

Celui qui dans ses mains tient le sort des États.,

Dieu l'a mis au-dessus de tous les potentats!

C'est par sa voix que Dieu nous transmet ses oracles!

UN PARALYTIQUE.

Je ne puis approcher de la châsse aux miracles!

UN ARCHER.

Dieu retire sa force au bras qu'il soutenait,
Et nous serions vaincus si la guerre venait!

UN MOURANT.

Je meurs, sans l'onction de l'huile salutaire!

UN LABOUREUR.

A quoi me servirait d'ensemencer la terre?
Je verrais mes épis se gonfler de poisons,
Ou bien le feu du Ciel embraser mes moissons!

UN PRÊTRE.

Robert, Dieu t'a maudit et l'enfer te réclame!

UN AUTRE.

Il en est tems encor, songe à sauver ton âme!

UN JEUNE HOMME.

Vois ce cercueil! mon père a subi le trépas,
Et dans la terre sainte il ne dormira pas!

UN PRÊTRE.

Monarque réprouvé, romps des nœuds adultères!

LE PEUPLE.

Rends-nous les sacremens!

LES PRÊTRES.

Rends-nous les saints mystères !

LE PEUPLE.

De ta rébellion tes sujets sont punis !
Quoi ! vous voyez nos maux et vous restez unis !

Ce pendant que le Roi des fenêtres s'approche ;
Il regarde, il écoute, il souffre, il se reproche
Les maux qu'à ses sujets il cause incessamment ;
C'en est fait, il ne peut supporter le tourment
D'opposer à leurs vœux un invincible obstacle ;
Mais détournant les yeux de ce hideux spectacle,
Il les jette sur Berthe, et cet aspect vainqueur
En un seul sentiment concentre tout son cœur ;
Il ne peut se résoudre à perdre sa présence ;
Il sent que du bonheur elle est pour lui l'essence ;
Mais la reine tombant aux pieds de son époux :
« Adieu... Quand le malheur ne pesait que sur nous,
» Quand notre seul destin nous demandait des larmes,

» Ta présence chassait mes sinistres alarmes,

» Mon regard, mon sourire apaisaient tes chagrins,

» Notre amour mutuel rendait nos jours sereins,

» Aujourd'hui nous causons le malheur de la France,

» Et nos cœurs n'auraient point pitié de sa souffrance?

» Vois ton peuple, il te dit la volonté de Dieu.

» Il faut nous séparer ! adieu, Robert, adieu.....

» Fais succéder la joie au deuil qui t'environne ;

» Fais de tout son éclat resplendir la couronne ;

» Redeviens, aux regards du Français enchanté,

» Ce monarque pieux, ce trésor de bonté,

» Qui flatta son espoir d'un long règne prospère,

» Et qu'avant l'anathème il aimait comme un père ;

» Robert, reprends ton sceptre en tes mains raffermi !

» Adieu, mon souverain, mon époux, mon ami !....

» — Non, jamais ! — Cet adieu qui te semble impossible,

» Il fallait tôt ou tard le dire aussi pénible :

» La mort qui, sans respect pour les êtres heureux,

» Brise tous les liens de ses coups rigoureux,

» Après quelques printems aurait brisé le nôtre ;

» Elle aurait enlevé l'un de nous deux à l'autre ;

» Mais, j'en crois de mon cœur l'inépuisable amour,

» Oui, l'on aime sans fin dans l'éternel séjour ;

» Nous nous retrouverons, Robert !.. » Et comme une ombre

Elle fuit, et sortant d'un abattement sombre,

Le Roi pour l'arrêter précipite ses pas :

« Berthe, reste avec moi ! — Non, Dieu ne le veut pas ! »

Mais plein de son amour, il la presse, la touche,

Agite ses cheveux du souffle de sa bouche,

La saisit ; elle échappe, et Robert haletant

Ne retient dans ses mains que son voile flottant.

Ainsi lorsque posé sur la fleur qui l'attire,

S'enivrant des doux sucs que sa trompe en retire,

Un brillant papillon s'offre aux yeux d'un enfant

Qui l'approche, le tient..... par un bond triomphant,

L'insecte se sauvant de l'atteinte mortelle,

Laisse au doigt ravisseur la poudre de son aile.

La Reine du palais a franchi les degrés ;

Robert la presse encor d'élans désespérés,

Mais en frappant les airs de sa voix gémissante

La foule, mur vivant, devant lui se présente ;

Le Roi cède à son peuple à ses pieds prosterné,

Et seul dans sa demeure il reste consterné !

Aussitôt dans Paris l'agile renommée

Dit que Berthe a rompu ses liens ; désarmée,

L'Église, sans délai, proclame les pardons ;

Heureux de retrouver les secours de ses dons,

Les fidèles en foule accourent, pleins d'ivresse,

Chanter dans le saint lieu les hymnes d'allégresse ;

Des emblèmes, des fleurs en odorans festons,

Des maisons, des palais décorent les frontons.

Sous un vêtement noir, d'un guide accompagnée,

Du château de Valvert Berthe s'est éloignée,

Et le cœur combattu d'espoir et de regrets,

Sur un mont couronné par de sombres cyprès [4],

Soudain elle s'arrête, et cherche à reconnaître

Les lieux où reste encor la moitié de son être,

Elle n'aperçoit rien ; sous ses doigts vacillans,

Elle sent de ses yeux couler des pleurs brûlans ;

Elle écoute !..... Partout les cloches ébranlées

Célèbrent son exil en bruyantes volées !

Mais elle prie, et Dieu rappelant dans son sein

La force d'accomplir son courageux dessein ,

Elle presse sa mule et fuit dans la carrière,

Sans jeter seulement un regard en arrière.

Près de la Marne, au pied de sablonneux coteaux,

Chelles [5] au sein des bois lève ses chapiteaux ;

De ce cloître royal Berthe franchit l'entrée ;

Là, sous le voile blanc et la robe azurée,

Des épouses du Christ elle devient la sœur,

Et de leur sainte paix réclame la douceur.

Tandis qu'aux instrumens leurs tendres voix unies

Dans l'Église formaient de saintes harmonies,

Et que Dieu recevait, ainsi qu'un pur encens,

Les élans enflammés de leurs cœurs innocens,

Vers le déclin du jour, autour du monastère,

Souvent on aperçut un homme solitaire,

Pâle, morne, couvert d'un vêtement de deuil;

De l'antique abbaye il contemplait le seuil,

L'approchait, le fuyait tour à tour, et l'aurore

Quelquefois dans ces lieux le surprenait encore.

Un an s'est écoulé : le glas tinte ! les pleurs

Veillent auprès de Berthe exempte de douleurs :

Succombant sous le poids d'une existence austère,

Avec un doux espoir elle a quitté la terre;

Et les pâtres depuis, sous les murs du couvent,

Ne virent plus errer le fantôme vivant.

NOTES.

NOTES

du 𝕮hant premier.

¹ Les Normands, sous le règne de Charles-le-Simple, assiégèrent Paris pour la dernière fois. Ils avaient pour chef Rollon, le plus hardi et le plus heureux des guerriers du Nord.

Forcé de quitter sa patrie avec les guerriers désignés par le sort pour fonder des colonies sur le sol de la victoire, Rollon était descendu sur les côtes de l'Angleterre, où il prit à main armée des cités et des ports. Il eut, sur les rives de la Tamise, un songe qui, interprété par les vieillards, l'engagea à chercher en France un établissement glorieux. Sa flotte, poussée par la tempête sur les rives du Rhin, fut assaillie par les peuples du Hainaut et de la Frise ; il les soumit, et poursuivant son entreprise, arriva à l'embouchure de la Seine qu'il remonta. Il échoua à trois reprises différentes contre les remparts des Parisiens, qui ne démentirent, dans aucun des combats qu'ils soutinrent, la célébrité qu'ils s'étaient acquise dans les autres siéges.

(MARCHANGY, *Gaule poétique.*)

[2] Ce palais était situé vers l'entrée de la grande avenue qui, du parterre du Luxembourg, se dirige vers l'Observatoire. Les Chartreux l'obtinrent de Saint-Louis, par un acte daté de Melun, du mois de mai de l'an 1259.

[3] Les lois ecclésiastiques avaient alors multiplié jusqu'à l'abus les empêchemens au mariage. Elles le prohibaient entre parens jusqu'au septième degré, et entre ceux qui avaient contracté une alliance spirituelle en présentant ensemble un enfant au baptême.

(D'HÉRICOURT, *Lois eccl.* — GERBAIS, *Traité du Pouvoir de l'Eglise et des Princes.* — DOMAT, *Lois civiles.*)

[4] Robert crut qu'il pourrait prévenir l'inconvénient

de la nullité du mariage qu'il projetait par l'autorité de l'Église gallicane ; il convoqua donc les évêques de son royaume, lesquels, ayant entendu ses raisons, furent d'avis, par la considération du bien public, qu'il la prît à femme, nonobstant les empêchemens canoniques : ce qui était une sorte de dispense.

(MÉZERAY.)

5 Berthe était fille de Conrad, roi de Bourgogne.

6 Le *Veni Creator*. Robert composa en l'honneur de l'Église plusieurs hymnes qu'elle conserve encore, et il se mêlait aux Lévites qui chantaient les louanges du Très-Haut, revêtu d'une précieuse chape de soie faite exprès pour lui, et tenant en main un sceptre d'or.

(*Recueil des Historiens de France,* par DOM BOUQUET.)

7 Incontinent après son couronnement, Hugues-Capet tourna ses armes contre quelques villes et quelques seigneurs de Champagne qui refusaient de le reconnaître, prit la ville de Laon, et courut jusqu'aux portes de Soissons.

(MÉZERAY.)

8 Charles de Lorraine, oncle de Louis V. Louis n'eut pas sitôt les yeux fermés que Hugues-Capet déclara ou-

vertement sa prétention pour la couronne. Il ne restait de la race Carlovingienne que Charles duc de Lorraine, qui d'abord s'adressa à Adalbéron, archevêque de Reims, pour savoir de quelle manière il devait se gouverner pour se faire élire. La réponse que lui fit ce prélat est fort remarquable : il lui dit qu'il devait voir les grands de l'État ; qu'il ne dépendait pas de lui seul de donner un Roi à la France, et que c'était l'affaire du public, non pas d'un particulier. On ne voit point dans l'histoire les poursuites qu'il fit après ce bon avis, mais il est certain qu'il avait pour ennemis jurés la reine Emme et tous ses amis, et le clergé et les évêques qui faisaient le premier et le plus puissant des deux ordres de l'État ; qu'outre cela il était excommunié.

Il est à présumer que le prince Charles ne manqua pas de se présenter pour demander la couronne ; mais étant venu trop tard, il fut rejeté des Français. Et alors il eut recours aux armes pour revendiquer son droit prétendu.

(Mézeray.)

Le 2 avril 991, Hugues-Capet, par une intelligence avec l'évêque, prit Laon, dont Charles de Lorraine venait de s'emparer.

(Le P. Hénault.)

9 Hugues-Capet fut le premier qui attaqua le Flamand,

et lui enleva tout le pays d'Artois et plusieurs places sur
la rivière du Lys.

(Mézeray.)

¹⁰ Guillaume III, comte de Poitou et duc d'Aquitaine,
refusait de reconnaître les deux rois, quoiqu'il fût oncle
maternel de Robert, et accusa hautement les Français de
perfidie et d'avoir abandonné le sang de Charlemagne.
Hugues et son fils marchèrent donc de ce côté-là pour le
contraindre à l'obéissance, et assiégèrent Poitiers. Il les
repoussa vertement et les poursuivit jusqu'à la Loire. Il y
eut là une sanglante mêlée, dont l'avantage enfin de-
meura aux Capétiens.

(Mézeray.)

¹¹ En ces années-là le feu sacré que l'on nommait le
mal des Ardens, et qui avait déjà une autre fois fait de
grands ravages, se ralluma et tourmenta cruellement la
France. Il prenait tout à coup et brûlait les entrailles ou
quelque autre partie du corps qui tombait par pièces.
Bienheureux qui en était quitte pour un bras ou une
jambe. Ce fléau fut cause qu'il se fit de grandes donations
aux saints de qui on croyait avoir ressenti les secours
dans ces horribles douleurs : comme aussi de fréquentes
fondations pour ceux qui en étaient atteints. Cette plaie

causa au moins ce bien , que les grands qui troublaient les provinces par leurs guerres particulières , redoutant l'ire de Dieu , firent un serment solennel de garder justice à leurs sujets.

(MÉZERAY.)

¹² Robert fit plusieurs fois, dans son palais, dresser des tables pour les pauvres.

¹³ Grégoire V. L'empereur Othon III , ayant appris la mort de Jean XVI , fit élire , pour son successeur, Bruno son neveu, sous le nom de Grégoire V. Le 3 mai 996, ce pape, chassé de Rome par Crescence qui fit élire à sa place Filigate, sous le nom de Jean XVII , fut rétabli dans sa dignité par l'empereur. Par ordre de Grégoire, l'antipape , saisi par des soldats , subit les plus indignes traitemens ; ils lui coupèrent le nez et la langue, lui arrachèrent les yeux et le jetèrent dans un cachot fétide, et après lui avoir promis la vie, ainsi qu'à Crescence qui rendit par capitulation le château Saint-Ange où il s'était refugié , Grégoire leur fit couper la tête. L'abbé Saint-Nil fit dire au pape que , puisqu'il avait manqué à la miséricorde promise, il craignît la colère de Dieu qui tomberait sur lui, et Grégoire mourut le 4 février 999, la même année de l'évènement.

(LLORENTE, *Portrait politique des Papes.*)

NOTES

du Chant deuxième.

❁

[1] Abbé de Fleury. Ce fut lui qui s'employa avec ardeur près du pape, pour faire casser le mariage du roi de France.

[2] Il fut d'abord moine d'Aurillac, puis abbé de Bobio, précepteur de l'empereur Othon III, précepteur du roi Robert, archevêque de Reims, archevêque de Ravenne, et enfin pape sous le nom de Sylvestre II.

Il passe pour l'inventeur de l'horloge à balancier.

³ Archevêque de Tours. Il avait célébré le mariage de
Berthe èt de Robert.

⁴ J'ai trouvé, dans plusieurs ouvrages, la Bulle d'ex-
communication ainsi conçue : « Qu'ils soient maudits à
la ville, maudits à la campagne ; que leurs enfans, leurs
terres, leurs troupeaux soient maudits avec eux! que leurs
intestins se répandent comme ceux de l'impie Arius! que
toutes les malédictions prononcées par Moïse contre les
prévaricateurs tombent sur leurs têtes! qu'ils soient ac-
cablés de toutes les horreurs de la mort éternelle! qu'aucun chrétien ne les salue en les rencontrant! qu'aucun
prêtre ne dise la messe devant eux, ne les confesse, et ne
leur donne la communion, même à l'article de la mort,
s'ils ne viennent à résipiscence ! qu'ils n'aient d'autre
sépulture que celle des ânes, afin qu'ils soient aux gé-
nérations présentes et futures un exemple d'opprobre et
de malédiction !

⁵ Le rosier qui croît sur les Alpes est sans épines. Il
s'en revêt lorsqu'on le transplante dans nos jardins.

NOTES

du  Chant troisième.

⁂

¹ La forêt d'Issy.

² Les *dolmens*, qu'on appelle aussi *ladères* dans le
pays chartrain, du nom de l'espèce de grès dont on s'est
servi pour les former, sont des tables de pierre de di-
verses dimensions, presque toujours arrondies dans
leurs angles; on les trouve souvent placées horizon-
talement et quelquefois inclinées sur plusieurs autres
pierres disposées sur champ, et qui leur servent de sup-
port. On en rencontre qui sont planes, d'autres qui sont

percées d'un grand trou rond ou ovale pratiqué au milieu.
Ces tables ont rarement des trous qui ne les traversent
point; cependant il en existe, et alors le trou commu-
nique à de petits conduits creusés dans la pierre et qui
ont leurs issues au-dehors. Ces monumens sont regardés
comme des autels druidiques destinés à des sacrifices ou
à des libations.

[3] Le gui. La recherche de cette plante sacrée était
une fête nationale; prêtres et peuples se répandaient
dans la forêt pour la chercher; l'avait-on trouvée, on
éclatait en cris de joie, on chantait des hymnes. Le grand
druide s'approchant de l'arbre avec un profond respect,
coupait le gui avec une faucille d'or et le laissait tomber
sur une nappe neuve de lin, qui ne pouvait plus servir
à aucun autre usage. La plante desséchée et mise en
poudre, était distribuée aux dévots comme un antidote
certain contre les maladies et les sortiléges. La cérémonie
était annoncée et criée solennellement en ces mots : *au
gui, l'an neuf;* ce qui ferait croire que la fête était des-
tinée à célébrer le commencement de l'année.

[4] Divinité des Gaulois, à laquelle les Druides sacri-
fiaient des victimes humaines.

⁵ Le Pas d'Armes, qu'on nommait aussi *Emprise*, était tout-à-fait analogue au génie aventureux et romanesque des chevaliers.

Des chevaliers possédés d'un violent amour, et dans le besoin d'en prouver l'excès par des prodiges de valeur, se rendaient aux chemins croisés des forêts, aux lieux les plus fréquentés des voyageurs, dans quelque site pittoresque et en vue des cités d'alentour. Là ils plantaient leur étendard et ils suspendaient leur écu où on lisait que durant tel tems ils défendraient le passage contre tout venant.

La formule et les conditions du cartel étaient bientôt connues de toute la France ; bientôt arrivaient des chevaliers, jaloux de s'éprouver avec le gardien de l'Emprise, et des dames, curieuses de ces sortes de spectacles, dont elles recevaient l'honneur.

Chaque jour les joûtes se renouvelaient, et chaque jour succédaient aux combats les danses, les concerts, les jeux et les repas que les chevaliers donnaient à tous les spectateurs sur le bord des rivières, des forêts et sur le penchant des collines ; car on choisissait pour le théâtre des **Pas d'Armes** le voisinage des bois, de l'onde et des hauteurs, non-seulement pour y trouver une décoration naturelle à ces fêtes, mais encore pour que l'air fût toujours rafraîchi par l'ombre des arbres et le courant des flots, et pour que la foule des spectateurs pût se grouper et s'asseoir sur la pente des monts.

Les hérauts d'armes nous ont laissé plusieurs descriptions de Pas ou Emprises; tels sont les Pas d'Armes de l'Arbre d'Or, de l'Arbre de Charlemagne, du Charme de Marcenay, de la Fontaine des *Plours ;* mais les plus célèbres Pas d'Armes maintenus par les chevaliers de France, sont ceux connus sous les noms de l'Emprise du Dragon, du Pas de Sandricourt, du Castel, du Chevalier solitaire.

L'Emprise du Dragon, ainsi appelée parce qu'on avait élevé sur le lieu du combat une haute colonne qu'entourait un dragon, fut maintenue, près Saumur, par quatre chevaliers, en l'honneur et pour le plaisir des dames; elle fut remarquable par la magnificence de Réné d'Anjou, Roi de Sicile, qui passa une partie de sa vie à rédiger des modèles de tournois et à peindre des armoiries. Ce fut lui qu'on trouva dessinant une perdrix lorsqu'on vint lui apprendre la prise de Naples. Le prince philosophe ne quitta point son ouvrage; seulement il représenta l'oiseau les ailes déployées pour en faire l'emblême des biens d'ici-bas; il vint à l'Emprise du Dragon précédé d'un cortége nombreux. Devant lui marchaient deux estafiers turcs conduisant chacun un lion enchaîné; après eux, s'avançait un dromadaire, sur lequel était assis un nain qui portait l'écu du Roi; une dame, d'une rare beauté, et qu'on prit pour une fée, ouvrit la barrière aux chevaliers et leur donna le prix et le baiser.

Le Pas de Sandricourt, tenu près de Pontoise, ne fut pas moins brillant; les plus grands seigneurs s'empressèrent de s'y rendre. La Colombière nous donne le nom des tenans, des assaillans et des dames qui y figurèrent. Il raconte quels exploits illustrèrent pendant plusieurs jours le Carrefour ténébreux, le Champ de l'Épine et la Barrière périlleuse, noms romanesques donnés par les chevaliers aux divers passages qu'il s'agissait de défendre ou d'attaquer.

Quant à l'Emprise du Chevalier solitaire, elle offre un trait d'audace et de valeur que l'orgueil national pourrait mettre au nombre de nos victoires : un Français, qui ne se fit connaître que sous le nom du Chevalier solitaire, *se fit passer dans un batelet en la Grande-Bretagne avec un sien compagnon;* ils se rendirent droit à Londres où ils dressèrent, entre le palais et la marine, leurs bannières et leurs écussons; puis ils vinrent en face du Roi, qui tenait alors *cour pleinière et tinel ouvert,* pour lui demander la permission de combattre avec les chevaliers de son royaume qui voudraient leur faire l'honneur de se mesurer avec eux. Ces aventuriers joûtèrent durant huit jours contre la noblesse d'Angleterre, et s'en revinrent en France vainqueurs et chargés de présens.

(MARCHANGY, *Gaule poétique.*)

NOTES

du Chant quatrième.

[1] Beaucoup de romanciers, et particulièrement ceux de la Table-Ronde, parlent de la chasse au cerf blanc, et Sainte-Palaye prétend que tout ce qu'ils en disent n'est point un effet de leur imagination. En effet, la chasse au cerf blanc eut lieu plusieurs fois en Angleterre et en France : elle avait lieu même encore dans le siècle dernier en Allemagne. Les gazettes de 1748 annoncent que le duc de Bavière donna ce divertissement à sa Cour.

Les Rois et les grands Princes pouvaient sëuls subvenir aux frais de pareils amusemens.

Lorsqu'après des recherches pénibles on avait trouvé un cerf blanc, dont l'espèce est très-rare, on le lâchait dans une forêt. Au lever du soleil, les chevaliers montaient leurs palefrois aux *douces allures ;* après eux, venaient *les dames montées sur belles haquenées portant sur le poing, mignonnement engantelé, un épervier ou un lancret, ou un émérillon.*

Celui qui frappait le premier le cerf blanc avait le droit de choisir une dame ou demoiselle entre toutes celles de la Cour et de lui donner un baiser. L'espoir d'un prix si doux excitait l'émulation des concurrens et souvent aussi allumait leur courroux. Plusieurs d'entre eux, prêts à frapper l'animal, se repoussaient, s'écartaient, et le cerf blanc, profitant de ces rixes, se sauvait, tandis que les rivaux teignaient de leur sang les fougères des bois. Quelquefois un plus grave sujet de discorde s'élevait au milieu de cette noblesse turbulente. Le chevalier devait choisir la plus belle pour lui donner un baiser; les autres chevaliers qui tant de fois s'étaient battus à outrance pour soutenir que leurs maîtresses étaient les plus belles femmes de l'univers, ne souffraient pas qu'un audacieux osât, par une préférence injurieuse, démentir leurs proclamations romanesques. Chacun d'eux, la lance à la main, persistait à dire et à déclarer que sa dame était l'incomparable, en sorte que la chasse du cerf blanc était souvent terminée par des duels et des combats singuliers.

(Gaule poétique.)

² Les historiens rapportent que l'on publia alors que Berthe était accouchée d'un monstre, qui avait la queue d'un serpent et le cou d'une oie.

³ M. Parseval, dans son beau poème de Philippe-Auguste, a reproduit ainsi le même tableau :

> Des Français cependant l'âme aux dogmes so umise
> Veut réclamer en vain les secours de l'église,
> Et des prêtres partout le peuple abandonné ,
> Sous l'interdit fatal baisse un front consterné.
> L'enfant qui naît, frappé de l'horrible anathème ,
> Ne vient plus se laver, aux sources du baptême,
> Du mal anticipé du crime originel,
> Qui l'a déjà flétri dans le sein maternel ;
> Aux pieds du tribunal que la pénitence ouvre,
> Le chrétien , des forfaits que son remords découvre,
> N'obtient plus le pardon par un sincère aveu ,
> Et le prêtre interdit la clémence à son Dieu.
> O vierges! qui d'amour languisez dès l'aurore,
> Le soir en soupirant vous languirez encore,

N espérez plus d'hymen, l'église en son courroux

Sur sa porte a fixé d'inflexibles verroux.

Le Saint-Siége aux prélats, dans ses rigueurs sinistres.

N'accorde plus le droit de créer ses ministres ;

L'holocauste divin ne vient plus sur l'autel

Déifier l'hostie à la voix d'un mortel,

Et du céleste pain, que consacre un miracle,

L'homme ne devient plus le vivant tabernacle ;

L'huile sainte aux mourans n'apporte plus ses dons ;

L'âme n'a plus d'espoir, Dieu n'a plus de pardons ;

Le mourant plus d'asile et l'enfer avec joie

Dans ses feux dévorans vient engloutir sa proie.

4 Lieu où s'éleva depuis le château de Jean, évêque de Winchestre, appelé par corruption Bicêtre.

5 Cette abbaye fut fondée par Bathilde, femme de Clovis II. Cette Reine, après la mort du Roi, fut régente et tutrice de ses enfans. Dégoûtée de la cour et de ses intrigues, elle se retira dans ce monastère où elle se soumit à l'abbesse avec une humilité des plus édifiantes.

www.ingramcontent.com/pod-product-compliance
Ingram Content Group UK Ltd.
Pitfield, Milton Keynes, MK11 3LW, UK
UKHW020944140726
13695UKWH00003B/1192

9 782014 042474